Camilla

Rachel Ash

Liber emendatus a
Christopher Buczek, Laura Gibbs, et Lance Piantaggini
Picturae pictae a
Maggie Xia

Liber Parvus pro Tertia Classe Latina

Pomegranate Beginnings Publishing
Lawrenceville, Georgia

Camilla
Copyright © 2018 by Rachel Ash

All rights reserved

ISBN-13 978-1-948125-01-7
ISBN-10 1-948125-01-3

For information about permission to reproduce selections from this book, write to pomegranatebeginnings@gmail.com.

Printed in the United States of America

Introduction

When I was reading the *Aeneid* for one of my classes with the University of Florida, I came across the story of Camilla and I was instantly captivated. I wondered why we had never read this part of the epic in any of my college classes previously, and why it was never part of the curriculum commonly taught for Latin students. I immediately started forming it into chapters for my own classes to read (and vet!), and, more than two years later, here it is, finally in book form.

Camilla is based on Virgil's original epic telling; the vocabulary choices, especially whenever there was no other, more frequent vocabulary to compete with the poetic options, and many of the grammatical constructions are based in his poem. That said, I have consciously made the decision to modernize the telling with my students in mind as the audience, so the novella is written in a modern narrative style, with less of a brash, let's announce everyone so we can all trace our ancestry approach and more of a show-don't-tell point of view, so it won't always follow Virgil's telling directly.

Camilla contains 217 unique words, 30 of which are glossed in footnotes, and is aimed at my Latin III students.

I would like to thank my readers who provided seriously thorough and thoughtful feedback; their commentary made me more thoughtful in turn in my decision making. Thank you to Christopher Buczek, Laura Gibbs, and Lance Piantaggi.

I would also like to thank my amazing artist, a student I met at the National Junior Classical League convention, who has a great eye for detail. Her style brings Camilla to life in these pages. Thank you Maggie Xia!

Rachel Ash

Capitulum Primum: Metabus Currit

curro. curro quam celerrime. mihi fugiendum est! haec quam fero est carissima. nemo eam a me capiat.

gloriam. hostes gloriam sequuntur; ita hostes me, regem Volscorum,[1] sequuntur. me interficere

---

[1] The Volsci were an Italic tribe who inhabited lands south of Rome, and at the time of Camilla, south of Latium and the Latins, where a war will be happening later in the novella.

volunt. sed curro. meam filiam carissimam--eam servabo! mihi fugiendum est. esse rex nolo, esse Volscus nolo, tantum filiam servare volo!

subito in flumen paene[2] cado. flumen magnum est, et potens; nescio utrum[3] trans flumen transeam, an in flumine moriar. filiam specto. cum filia transire timeo, ne eam amittam.[4]

---

[2] **paene**: almost
[3] **utrum**: whether
[4] **a + mittam**: "send away" i.e., I would lose

hostes sequentes audio.
hostes multi sunt. potens
fortisque sum, sed non
omnes interficere possum.
perterritus circumspecto.
quomodo filiam servabo?

    spem et consilium
capio, tum hastam meam
capio. sed hastam non ad
hostes iacio. filiam circum
hastam pono et vincio.[5]
hostes prope me sunt, eos
audio.

---

[5] **vincio, vincire, vinxi, vinctum**: tie, bind

precor.

"O Diana, filia Latonae, tibi filiam meam promitto. virgo hastam parvis digitis[6] tenet;filiam meam specta, O dea, et eam accipe. pro filia carissima mea te precor."
tum hastam, et filiam, iacio.

---

[6] **digitus, digiti**: finger

hasta volat.[7] hastam, et filiam, volantem specto. terra a hasta pulsata, me in flumen iacio. ex flumine ad filiam me trahens, hostes prope flumen video. victor, filiam capio et in silvam curro.

---

[7] **volo, volare, volavi, volatum**: fly

Capitulum Secundum: Camilla Puella Narrat

cervum[8] audio, tum eum video. tacita sum—

---

[8] **cervus, cervi**: deer

tacitior quam cervus. cervum specto, arcum[9] tollo, et cervum spiculo figo.[10] ubi cervus cadit, simul ego ad eum curro.

    ubi infans ego vestigia prima feci, pater mihi hastam dedit—saepe pater mihi dicebam. nescio utrum verum an falsum sit; pater etiam dicebat equam me infantem alere—hac causa nomen equae erat "Mama"!

---

[9] **arcus, arcus**: bow
[10] **spiculo figo**: pierce with an arrow

semper ego et pater in silva habitabamus. numquam gemmas gerebam, sed arcum spiculaque. etiam iam non gemmas sed pellem[11] tigris—quam interfeci—gero. ego gemmas numquam geram. gemmasne comedere possum? gemmisne interficere, currere, hastam iacere possum? tam gemmas cupio quam

---

[11] **pellis, pellis**: pelt, skin

coniugem. et non coniugem cupio.

cum ego eam videam, Diana est prope cervum. cum sola sim, Diana venit. est cara amica mea; me saepe sequitur et mecum in silva currit. sicut ego, Diana arcum spiculaque gerit, sed Diana dea est. Diana multas amicas habet, et saepe omnes mecum in silva currunt. sed hodie, Diana sola est et...tristis videtur.

"dea magna," inquam, "filia Latonae, salve."

"dicas nomen meum," sed Diana ridet.

"ignosce mihi--Diana. cur tristis es?"

Diana non iam ridet. "quod semper mecum te esse volo, sed me relinques."

"numquam," inquam, "numquam te relinquam."

Diana ridet, sed etiam iam tristis videtur.

Capitulum Tertium: Camilla Virgo Narrat

"ignosce mihi,"[12] inquam, "coniugem non cupio." nescio quot viri me coniugem petiverint, quot matres me coniugem filiis petiverint. quot viri me petunt, tot[13] viros ego non cupio.

---

[12] **ignosce mihi**: forgive me
[13] **quot...tot**: as many...that many

vir iratus est. "regis filius sum. in bello fortis sum. pulcher sum. quid vis?"

"coniugem habere nolo. cum Diana esse volo."
coniunx esse nolo. lanam[14]

---
[14] **lana, lanae**: wool

facere nolo; currere in silva volo. servos iubere nolo, nec domum curare. pater me Dianae promisit. cum Diana animalia sequor et in silva curro."

vir domum fugit, tristis iratusque.

Capitulum Quartum: Diana Fatum Narrat

eam spectabam. Metabus me precatus est et eam mihi dedit, tum eam spectavi. parvam infantem circum hastam vinctam accepi et prima vestigia Camillae spectabam. Camillam hastam iacientem spectabam, et in silva currentem.

iam Camilla celerior quam cervus, quam ventus celerior currit. sicut ventus, Camilla super segetes intactas[15] currit. sicut ventus, Camilla etiam super mare pedibus haud umidis[16] currit.

---

[15] **segetes intactas**: unharmed crops; i.e., the crops are not harmed even when she runs over them.
[16] **haud umidis**: not wet at all

et optime hastam iacit—
quot hastas virgo iacit, tot
animalia cadunt. Camilla,
cara mihi ante alias,
nympha optima et amica
mea semper sit—nisi[17] in
bello moriatur. sed bellum
eam vocat.

virgo pulcherrima est,
filia regis, et hastam
arcumque fert. ita matres
Camillam coniugem filiis
volunt. sed virgo coniugem
non vult; vult mecum esse.

---
[17] **nisi**: if not

et volo Camillam mecum esse. semper.

    sed bellum eam vocat. ita unam e nymphis mihi voco. "O Opis, virgo mea, Camilla bellum crudele petit. quamquam Camilla est carior mihi quam omnes nymphae, in bello fatum est mori. O fatum crudele! sed age,[18] Opis, i ad Italiam et bellum. ubi vir Camillam meam interficiet, eum simul

---

[18] **age**: come; come now

interficias." Opis ad bellum it.

tristis sum. carissima Camilla—ne tu ad bellum eas![19] sed bellum te vocat.

---

[19] **eas**: if only you would go

Capitulum Quintum: Camilla Bellatrix Narrat

vir sanguinem vomit. undique viri interficiunt, moriuntur viri. hastam meam viro e pectore traho et vir sanguinem vomit, qui primus a me interficitur.

est bellum in Italia. causa virginis bellum est! causa virginis, causa matrimoniae, causa amoris...multae sunt causae et omnes stultae. causas nihil curo. ego bellum gero causa non virginis sed gloriae. quot hastas iacio, tot viri cadunt. multos viros interficiam et omnes viri nomen meum agnoscent. undique viri moriuntur. undique video sanguinem. sed non timeo.

rideo.

magnus vir, maximus hostium, me petit. pellem lupi gerit vir, sparum[20] tenens. omnes viri a magno viro fugiunt, sed ego, virgo, eum peto. quam celerrime ab equo virum maximum traho et eum iacio in terram.

"*sparo* in silva animalia te agitare[21] putavisti?" inquam. "putavisti virginem non esse fortem? putavisti te me interfecturum esse quod virgo sum? ecce! virgo te interficit!" eum rideo.

---

[20] **sparus, spari**: a lesser spear, usually used for hunting
[21] **agito, agitare, agitavi, agitatus**: usually means to drive or pursue; here it means "to hunt" in reference to his *sparus*

alium virum video. eum interficio, et, hastam e collo[22] trahens, ab alio viro celere fugio. fugio quam celerrime. per magnum orbem[23] fugio, celerior

---

[22] **collum, colli**: neck

quam vir me sequitur. tum, non iam a viro fugio, virum sequor—sequor sequentem! vir celer est, sed ego eum capio. vir precatur, sed caput viri securi[24] peto, arma ossaque frangens, et cerebrum terram pulsat.

subito alius vir vocat, "estne gloria, si virgo in equo fortis est? in terra mecum pugna, et agnoscemus cui gloria sit."

---

[23] **per...orbem**: in a circle
[24] **securis, securis (acc. securim)**: axe

iratissima, ab equo in terram me iacio et ad virum curro quam celerrime. vir perterritus non mecum pugnat! vir in equo fugit! equus celeriter currit, sed ego celerius curro. curro quam celerrime—curro celerior quam equus, celerior quam ventus. virum capio—et quam facile accipiter[25] columbam[26] in caelo capit et consumit, tam

---

[25] **accipiter, accipitris**: hawk
[26] **columba, columbae**: dove

facile in equum ascendo et eum interficio.

   subito in bello solem pugnantem video—vel—putavi me solem videre. sed non sol est! est vir. vir vestimenta magnifica gerit. tunica caerulea est et arma—arma sunt aurea—sicut sol! arma cupio. gemmas numquam cupiebam—gemmis interficere non possum. sed arma! arma aurea! volo esse sol. volo arma aurea gerere.

hasta parata, rideo.

Capitulum Sextum: Arruns Narrat

Camilla, celerior vento, a Diana amata, virgo—quae hastas et arcum fert—mihi interficienda est.

ad bellum Camilla cum amicis, tribus bellatricibus,[27] venit. Camilla et amicae pulcherrimae erant—eas vidi cum primus in bello pugnarem. omnes quattuor

---

[27] **bellatrix, bellatricis**: female warrior

virgines bene pugnabant,
sed Camilla celerior erat et
plus virorum interfecit.
virgo fortis et horribilis est.
mihi interficienda est.

ita Camillam sequor.
ubi virgo se fert, ibi ego
tacitus vestigia virginis
sequor. ubi victrix ab
hostibus interfectis currit,
ibi, hasta parata, eam
sequor. undique eam
sequor, hasta parata.

      subito, Camilla virum videt. Camilla non circumspectat, sed tantum virum arma aurea gerentem spectat. virgo ridet et ego precor. "O Apollo, pater omnipotens, nec spolia[28] nec gloriam peto. da mihi gloriam causa factorum[29] aliorum—tantum ut virgine interfecta domum reveniam peto."

---

[28] **spolium, spolii**: spoils, trophies of war (e.g. armor taken from a conquered enemy)
[29] **factum, facti**: (facio, facere) something achieved; deed

hasta parata, virginem video. Camilla non me videt, tantum virum in armis aureis. hastam tollo et iacio. Apollo me audivit! hasta virginem pulsat, sanguinem virginis bibit, et virgo cadit!

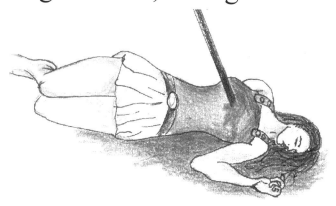

rideo.

tum, perterritus sum. hasta Camillam pulsavi—

Camilla, amata a Diana!—mihi fugiendum est. volo domum revenire.

fugio. quam celerrime fugio. ad amicos meos fugio.

amici circum me sunt! Camilla mortua est! victor sum..subito, sanguis ex pectore meo venit.

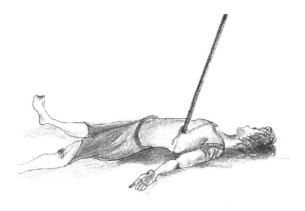

spiculo figor..sed amici me vocantem non audiunt..amici! nolite me relinquere..

Capitulum Septimum: Diana Dolet

doleo. valde doleo. Camilla, a me amata, mortua est et doleo. mortales fortunati sunt—mori possunt. sed ego, ego dea sum et deae non moriuntur. semper dolebo et numquam Camillam videbo: Camillam pulchram, carissimam, fortissimam, mortuam.

Opis mihi dixit Camillam fortiter pugnare, etiam cum moriatur. etiam cadens virgo hastam e pectore traxit.

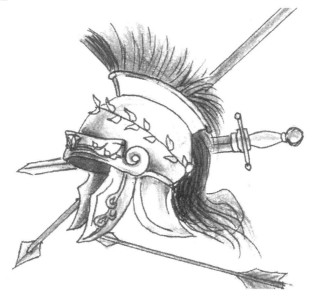

O fatum crudele! Camillam meam cepisti. Opis virum, Arruntem, solum interfecit et e bello amici non eum ferunt. iam numquam vir ridebit quod Camillam interfecit.

O Camilla, cara mihi ante alias, bellum te vocavit et fatum te cepit. iam non cum nymphis, sed cum mortuis curres.

Requiescas in pace.

*Index Verborum**

a(b)	away from	aureus, aurea, aureum	gold, made of gold
accipio, accipere, accepi, acceptum	receive	*bellatrix, bellatricis*	*female warrior*
accipiter, accipitris	*hawk*	bellum, belli	war
ad	toward	bibo, bibere, bibi, bibitus	drink
age	come	bonus, bona, bonum	good
agito, agitare, agitavi, agitatus	*to chase, to drive, to hunt*	cado, cadere, cecidi, casum	fall
agnosco, agnoscere, agnovi, agnitus	know, recognize	caelum, caeli	sky
		caeruleus, caerulea, caeruleum	blue, sky-colored
alius, alia, aliud	other, another	capio, capere, cepi, captum	take
alo, alere, alui, alitum	nurture	carus, cara, carum	dear, precious
amicus, amici	friend	causa, causae	cause
amitto, amittere, amisi, amissum	*lose*	celer, celeris	quick
		cerebrum, cerebri	brain
amo, amare, amavi, amatus	love	*cervus, cervi*	*deer*
		circum	around
amor, amoris	love	*collum, colli*	*neck*
an	or	*columba, columbae*	*dove*
animal, animalis	animal	comedo, comedere, comedi, comesum	eat
ante	before	**coniunx, coniugis**	spouse
antiquus, antiqua, antiquum	ancient	consilium, consilii	plan, idea
arcus, arcus	*bow*	consumo, consumere, consumpsi, consumptus	consumes, eats
armum, armi	arms, weapons		
audio, audire, audivi, auditum	hear, listen		

*words in italics are glossed in the novella's footnotes.

Index Verborum

credo, credere, credidi, creditum	believe
crudelis, crudele	cruel
cum	with, when
cupio, cupire, cupivi, cupitum	desire
cur	why?
curo, curare, curavi, curatum	care for
curro, currere, cucurri, cursum	run
dea, deae	goddess
dico, dicere, dixi, dictum	speak
digitus, digiti	*finger*
do, dare, dedi, datum	give
doleo, dolere, dolui, dolitus	hurt, grieve
e(x)	out of
ego	I
eo, ire, ii, itum	go
equa, equae	mare
et	and
etiam	also
facile	easily
facio, facere, feci, factum	do, make
factum, facti	*Deed*
falsus, falsa, falsum	false
fatum, fati	fate
fero, ferre, tuli, latum	bring, carry
figo, figere, fixi, fixum	*pierce, fix*
filia, filiae	daughter
filius, filii	son
flumen, fluminis	river
fortis, fortis	brave, strong
fortunatus, fortunata, fortunatum	fortunate, lucky
fugio, fugere, fugi, fugitus	flee
gemma, gemmae	gems
gero, gerere, gessi, gestum	wear, wage (with bellum)
gloria, gloriae	glory, fame
habeo, habere, habui, habitum	have
habito, habitare, habitavi, habitatum	live, inhabit
hasta, hastae	spear
haud	*hardly, not*
hic	here
hic, haec, hoc	this
hodie	today
horribilis	horrible
hostis, hostis	enemy
iacio, iacere, ieci, iactus	throw, hurl
iam	now
ignosce mihi	*forgive me*
in	in, on, into, onto, against
infans, infantis	Baby
inquam, inquit	say
intactus, intacta, intactum	*untouched, undamaged*

Index Verborum

interficio, interficere, interfecit, interfectus	kill
iratus, irata, iratum	angry
is, ea, id	he, she, it
ita	So
iubeo, iubere, iussi, iussum	order
lana, lanae	*wool*
lupus, lupi	wolf
magnificus, magnifica, magnificum	magnificent
magnus, magna, magnum	big, great
mare, maris	sea
mater, matris	mother
matrimonia, matrimoniae	marriage
maximus, maxima, maximum	biggest
meus, a, um	my
morior, mori, mortuus sum	die
mortalis, mortale	mortal
multus, multa, multum	much, many
ne	lest, so that not
nemo	no one
nescio, nescire, nescivi, nescitus	not know
nihil	nothing
nisi	*unless, except*
nolo, nolle, nolui	not want, refuse
nomen, nominis	Name
non	not
numquam	never
nympha, nymphae	nymph
omnis, omnis	every, all
optimus, optima, optimum	very good
orbs, orbis	*circle, circular route*
paene	*almost*
paratus, parata, paratum	prepared
parvus, parva, parvum	small
pater, patris	father
pectus, pectoris	chest
pellis, pellis	*pelt*
perterritus, perterrita, perterritum	scared
pes, pedis	foot
peto, petere, petivi, petitum	attack, head for, beg, seek
plus, pluris	more
pono, ponere, posui, positum	put, place
possum, posse, potui	can, is able to
post	after
potens, potentis	powerful
precor, precari, precatus sum	pray
primus, prima, primum	first
pro	for
promitto, promittere, promisi, promissum	promise
prope	near
pugno, pugnare, pugnavi, pugnatus	fight

Index Verborum

pulcher, pulchra, pulchrum	beautiful	solus, sola, solum	alone
pulso, pulsare, pulsavi, pulsatum	hit	*sparus, spari*	*hunting spear*
quamquam	although	specto, spectare, spectavi, spectatum	watch, look at
quattuor	four		
-que	and		
qui, quae, quod	that which	spes, spei	hope
quod	because	*spiculum, spiculi*	*arrow*
quomodo	how?	*spolium, spolii*	*spoils, loot*
quot	*how many?*	stultus, stulta, stultum	stupid, foolish
		subito	suddenly
relinquo, relinquere, reliqui, relictum	Leave	sum, esse, fui, futurum	am, is, are
		super	above
requiesco, requiescere, requievi, requietus	rest	tacitus, tacita, tacitum	silent
		tam...quam	just as...so
revenio, revenire, reveni, reventus	return	tantum	only
		teneo, tenere, tenui, tentum	hold
rex, regis	king		
rideo, ridere, risi, risum	laugh, smile	terra, terrae	land, earth
		tigris, tigris	tiger
saepe	often	timeo, timere, timui	fear, be afraid
salve	hello		
sanguis, sanguinis	blood	tollo, tollere, sustuli, sublatum	lift, raise
securis, securis	*battle axe*		
		traho, trahere, traxi, tractum	drag
sed	but		
seges, segetis	*grain field*	trans	across
		transeo, transire, transivi, transitum	cross, go acroos
semper	always		
sequor, sequi, secutus sum	follow		
servo, servare, servavi, servatum	save, protect	tres	three
		tristis, tristis	sad
servus, servi	slave	tu	you
si	if	tum	then
sicut	like, just like	ubi	when
		umidus, umida, umidum	*humid, wet*
silva, silvae	forest		
similis, similis	similar	undique	from everywhere
simul	at the same time		
		unus, una, unum	one
sol, solis	sun	*utrum*	*whether*

Index Verborum

vel	or	*vincio, vincire, vinxi, vinctum*	*bind, tie*
venio, venire, veni, ventum	come	**vir, viri**	man
ventus, venti	wind	**virgo, virginis**	virgin, maiden
verus, vera, verum	true	**voco, vocare, vocavi, vocatum**	call
vestigium, vestigii	footsteps, traces	**volo, velle, volui**	want
vestimentum, vestimenti	clothing	*volo, volare, volavi, volatum*	*fly*
victor, victoris	victor	**vomo, vomere, vomui, vomitus**	vomit
video, videre, vidi, visum	see		

More Titles from PBP!

Read all of the *fabula amoris* series!
Pluto: fabula amoris
> Can Pluto and Proserpina learn to love themselves...and each other?

Eurydice: fabula amoris
> Can true love conquer all—even death itself?

Medea: fabula amoris *COMING SOON!*
> She's given up everything she loves and knows for Jason. Is he worth it?

Echo: fabula amoris *COMING SOON!*
> Echo loses her voice when she betrays a friend. Will she lose herself too?

Other Pomegranate Beginnings Publishing Titles
Camilla
> All Camilla wants is to be a great warrior and stay at Diana's side. Can she avoid a fate that says otherwise?

Itinera Petri: Flammae Ducant
> Peter's world is changed when flames dance above his head. What will Peter learn about the world and himself on the flames' journey?

Magus Mirabilis Oz *COMING SOON!*
> The Frank Baum classic has been retold in colorful, accessible Latin for beginning readers by Miriam Patrick. Introduce your students to the original story in fabulous Latin prose!

Made in the USA
Middletown, DE
02 October 2018